U0038454

A Christmas Carol

A Christmas Carol

親子圖文本
A Christmas Carol
小氣財神
查爾斯・狄更斯 原著
阮聞雪 編著 小坦克熊 插畫

一個充滿寓意的聖誕故事

《小氣財神》的英文原書名為「聖誕頌歌」（A Christmas Carol），是知名作家查爾斯・狄更斯在西元一八四三年出版的聖誕系列小品，不但在當時受到極大的迴響，更讓人們重新燃起了對聖誕節的重視。

這本書出版的時候，正好是聖誕精神逐漸不被重視的年代，書中主角史古基既吝嗇又苛薄的性格，也反應了當年的社會氣氛——賺了錢的守財奴都不願意發揮善心回饋社會，也不重視聖誕季節裡應該充滿感恩，以及與親友們溫馨團聚的傳統了。

作者在故事中施展了聖誕魔法，帶領著主角史古基在短短一夜的睡夢中，重新回顧了曾經受人幫助的過往，也體會到身為一名苛薄的守財奴，最終將面臨的悲慘下場。

在史古基的夢境中，已經死去的合夥人——馬力的鬼魂出現了，由於他生前跟史古基一樣吝嗇又苛薄，死後變得既孤獨又可悲，終日飄蕩在無盡的黑暗中，所以，他現身來警告史古基，希望史古基不要落入和他一樣的下場。

接著還有三個幽靈登場——分別代表著過去、現在、未來的三個聖誕幽靈。他們帶著史古基穿梭時空，旁觀自己的言行舉止，以及他在未來將會面臨的悲慘命運。

這些如幻似真的夢境讓史古基的心靈受到了巨大的震撼，醒來後，他跪下發誓要彌補過去所做的一切。他會成功蛻變、找到幸福嗎？

在每個與親友團聚的節日裡，你想到的是大餐、禮物還是派對裡的遊戲？現在，本書將邀請你來參與一場穿梭時空的旅行，遨遊在無盡想像的雲端！相信你以後對節日也會有更深刻的體會。

人物介紹
Characters
現在幽靈
未來幽靈
過去幽靈
史古基

弗瑞德
鮑伯
小提姆
馬力

目錄 Contents

A Christmas
Carol 小氣財神

第1章

馬力的鬼魂

馬力死了，埋葬他的文件已經簽好——牧師簽了，官員簽了，處理葬禮的人簽了，連史古基也簽了。

史古基和馬力是合作多年的生意夥伴，也是他唯一的朋友。葬禮當天，史古基沒有過度悲傷，還將商人本色發揮得淋漓盡致——用極少的花費辦了一場隆重的葬禮。

之後，史古基並沒有把馬力的名字從店門口的招牌上塗掉，上面寫著：史古基與馬力公司。這間公司是他們一起創建的。

史古基是個精明的老頭，而且神祕、沉默寡言又孤獨。他像是一顆又硬又尖銳的打火石，用任何鋼鐵都擦不出火花；他的冷漠讓周圍的一切都變冷了，就

算是在聖誕節這樣的日子，
他的辦公室也冷得像冰庫，
完全感受不到一絲溫暖。

當他走在街上，從來不會有人停下來，愉快的問候他：「親愛的史古基，什麼時候到我家來坐坐啊？」也沒有乞丐會向他乞討，沒有小孩敢跟他說話，沒有人會向他問路。連導盲犬一看到他遠遠走過來，都會拖著主人轉進小巷子，好像在說：「失明的主人啊，雖然你看不到，也比擁有一雙邪惡的眼睛好啊！」

這一天是一年中最好的一天——平安夜，但是史古基還在店裡忙著。天氣非常寒冷，城市大鐘指著下午三點，霧很濃，暗黑的雲層慢慢壓下，萬物變得更模糊了。

史古基開著辦公室的門，以便隨時監視在對面陰暗小辦公室裡寫著信的鮑伯。史古基在辦公室生起一堆小小的火，可是員工辦公室的炭火更小，好像只剩下一塊炭火，因為他把煤炭箱放在自己的辦公室，還威脅鮑伯說，要是進來多拿一塊煤，

就會立刻開除他。所以，鮑伯只好圍上自己的羊毛圍巾，靠著桌上的蠟燭取暖。

突然，一個歡樂的叫聲打斷了史古基的工作。

「舅舅，聖誕快樂！願神保佑你！」

原來是他的外甥弗瑞德

「呸！亂來。」史古基說。

「聖誕節是亂來？舅舅，你不是這個意思吧？」年輕的弗瑞德說。

「聖誕快樂？你這個窮光蛋有什麼資格慶祝啊？」

「那你又有麼資格鬱悶呢？你是有錢人啊！」弗瑞德愉快的回答。

「見鬼的聖誕快樂！聖誕節對你來說是什麼？還不就是繳

帳單的時候，身上卻沒半毛錢？聖誕節就是發現自己又老了一歲，可是荷包裡沒增加半毛錢。哼！每個嘴上掛著『聖誕快樂』的蠢蛋，都應該跟自己買的布丁一起下去煮，然後把神聖的樹樁插進他的胸膛，再把他們埋起來，應該要這樣！」史古基憤怒的說。

「我倒覺得聖誕節是一段令人愉悅的時光，在漫長的一年中，也只有這一天，大家才能敞開心胸，真誠的對待彼此。舅舅，雖然你沒有在我的口袋裡放進一點金子，不過，我相信聖誕節會讓我快樂。所以，我想說：『感謝主啊！』」

「你愛怎麼過聖誕節是你家的事，不要來打擾我。」史古基說。

「你別生氣，我今天是來邀請你明天跟我們一起吃聖誕晚餐的。」

「你回去吧！我不會跟你們一起吃晚餐的。再見！」史古基說。

「舅舅，雖然你的態度讓我很難過，我還是要說：『聖誕快樂！』」

弗瑞德離開史古基的辦公室，經過鮑伯門口時，也祝福他聖誕快樂。

史古基聽了，嘟噥著說：「鮑伯那傢伙一星期領走我十五個先令去養家餬口，還敢說什麼聖誕快樂？」

這時，兩位相貌堂堂的紳士走進史古基的辦公室，其中一個查了一下手上的文件，說：「請問是史古基與馬力公司嗎？你是史古基先生，還是馬力先生呢？」

「馬力先生過世了，七年前的今天就死了。」

紳士又說：「那麼，你應該是馬力先生的合夥人。我想，你也會跟馬力先生一樣，慷慨的捐助我們的慈善事業。」

一聽到「慷慨」這個不吉利的詞，史古基皺皺眉又搖搖頭。

紳士繼續說：「史古基先生，我們想在這歡樂的節日去救助那些貧苦、無依又缺少衣食的人，他們很需要我們的幫助。」

「那些救濟院還在嗎？」史古基問。

「都還在。先生。」紳士回答。

「我還以為那些救濟院都關門了呢！真高興聽到它們一切正常。」史古基說。

「是的，我們正在募款，希望為那些不幸的人帶來聖誕的愉悅，幫窮人買食物和禦寒的衣物。因為，窮人在這個時候更需要溫暖，而富有的人也都很樂意慷慨解囊。不知道你打算捐多少呢？」紳士說。

「一毛也不捐。」史古基回答。

「那麼，你是希望匿名捐款嗎？」紳士又問。

「不，我不想幫那些整天無所事事的人製造快樂。再說，那些救濟院已經花了我很多繳給政府的錢，需要幫助的人應該去那裡才對。」

「可是，光靠政府的力量還不夠，這樣很多人會餓死的。」

「那就讓他們餓死吧！這樣還能減輕人口過剩的壓力。」史古基說。

兩位紳士無法達到目的，也只有離開了。史古基繼續埋頭工作，他對自己的表現十分滿意，心情也比平時好多了。

霧更濃了，夜色更黑了。路人拿著火把跑在馬車前面，藉著火把發出的光，引領馬車前進。天氣越來越冷，大街轉角處，修理煤氣管的工人在桶裡生起了一堆火，幾個衣衫襤褸的人和孩子都圍攏過來，一起取暖，開心的隨著跳躍的火苗眨眼。

商店裡燈火通明，照得路人蒼白的臉也變得紅潤。肉鋪和雜貨店生意更是好得不得了。市長先生在守衛森嚴的官邸前，對著五十個廚子和男僕發號施令，準備將市長官邸的聖誕節辦得熱熱鬧鬧。

一個男孩子的鼻子凍麻了，就像是被狗啃過的骨頭，他走到史古基的店門口，對著門上的鑰匙孔唱起聖誕頌歌，當他唱到「上帝保佑你，快樂的紳士，願你事事順心！」時，史古基憤怒的抓起直尺揮舞著，那男孩嚇得向鑰匙孔後面跳了一步，立刻逃走了。

下班的時候到了，史古基知道，小房間裡的鮑伯正滿心期待著趕快回家。

「明天你想休假吧？」史古基問。

「如果你方便的話，先生。」

「不方便！再說，要是我扣你薪水，你一定會認為自己吃了大虧吧！」

鮑伯勉強擠出一絲笑容。

史古基繼續說：「可是，要是你不上班，我卻要付你一天的薪水，你會認為我吃虧嗎？」

鮑伯說：「這日子一年只有一次啊！」

「這真是個好藉口！利用每年的十二月二十五日要我掏錢出來！好吧！明天你可以不用來，不過後天你要早點到。」史古基說。

鮑伯向史古基保證一定會早到，然後快步跑回家。

史古基來到平時常去的餐廳，吃了平日常點的那種寒酸的晚餐，再看看報紙、對帳本，消磨晚上的時間，然後回到所住的公寓。

公寓是死去的搭檔馬力所有——一棟陰暗、老舊的樓房，孤伶伶的矗立在高大的建築物間。院子裡一片漆黑，就算對這裡的每一塊石頭都瞭若指掌的史古基，也得伸出雙手，靠著摸索前進。

大門上的門環除了很大，並沒有奇特之處。可是，今天史古基把鑰匙插進鑰匙孔時，門上出現的不是那個天天見到的門環，浮現的竟然是馬力的臉！那張臉的周圍環繞著一層幽暗的光芒，像是暗黑地下室裡已經腐壞的龍蝦。

披頭散髮的馬力像以前一樣的盯著史古基，那青紫色的眼睛瞪得大大的，看起來很可怕，這種可怕不是因為他那張慘白的臉，而是因為他的眼神中透露著一種恐懼。

要說史古基沒有被嚇到那絕對是騙人的，可是他還是把鑰匙插進鑰匙孔，堅定又果斷的開了門，然後走進房間，點燃了蠟燭。

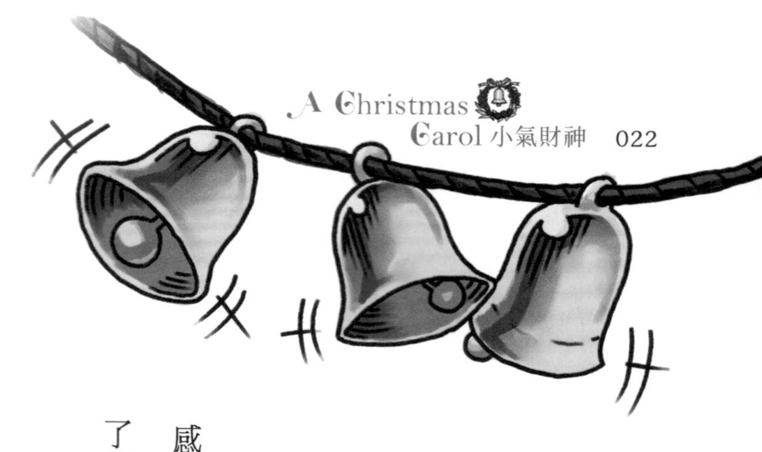

關門時，他猶豫了一下，還小心翼翼的檢查了門扇背後，似乎是有那麼一點害怕看見馬力的辮子黏在門板上，但是什麼都沒有，只有門環上的螺絲。

「呸！呸！」史古基邊喊邊狠狠的把門一甩，繼續往樓上走。

他一點也不在意周圍太黑，因為黑暗不花錢，所以他喜歡黑暗的感覺。當他走進臥室時，又想起剛才大門上那張馬力的臉，不由得緊張了起來，於是他舉起蠟燭，把所有房間都檢查了一遍。

起居室、臥室、儲藏室……，他檢查了每一個房間，但是桌子下、床下、衣櫥裡什麼也沒有！這時，他才覺得放心。

在這麼寒冷的夜晚，壁爐裡的火焰微弱得沒辦法抵擋嚴寒，史古基只好再挨近壁爐，盡量靠近爐火，才能從每一塊炭火中吸取到每一絲的熱量。

這個壁爐是多年前一個荷蘭人修造的，爐邊砌了一圈古典又高雅的丹麥瓷磚，上面的圖案畫的都是《聖經》裡的故事，有該隱和亞伯、從雲朵中飛下來的天使、亞伯拉罕、伯沙撒、乘著小船出海的使徒，眾多的圖像吸引著史古基的思緒，但是，馬力那張死了七年的臉，像是古老預言者的棍杖，吞噬掉瓷磚上的圖案。

「老天！」史古基驚叫，然後在房間踱起步來。

掛在房間裡一直沒用過的搖鈴開始緩慢的晃動，沒多久，鈴聲大作，屋子裡的其他搖鈴也一起響了起來！大概響了一分鐘，但是，對史古基來說，彷彿有一小時那麼久。

突然，所有的鈴聲都停了下來，緊接著傳來叮叮噹噹的噪音——像是從地下很遠的地方傳來，又像是有人正拖著鐵鍊走在酒桶上。史古基突然想起曾經聽人說過，鬧鬼的屋子會發出這種拖動鏈條的聲音。這時，他又聽到地下室的門「砰」的一聲打開了。

「天啊！我才不信！」史古基大喊。

可是，當那鬼東西穿過厚重的大門，飄進房間，來到他眼前時，史古基頓時臉色大變。

一模一樣的面孔，完全一模一樣！

馬力梳著他的小辮子，穿戴著他常穿的馬甲、皮帶，還有靴子。他的胸前緊扣著一條鐵鍊，鐵鍊很長，像是他的尾巴，而且這條鍊子是用裝錢的盒子、鑰匙、掛鎖、帳本和鐵製的沉重錢箱做成的。

馬力的身體呈透明狀，史古基可以透過他的身體看見他外套背後的兩顆鈕釦。

雖然鬼魂冰冷的眼神讓他害怕得渾身發抖，裹著頭和下巴的頭巾卻是他之前沒有見過的，史古基仍然懷疑自己的眼睛，不知是幻覺，還是真的看到鬼魂。

「怎麼了？你有什麼事？」史古基的口氣就如平時那樣冷淡。

「很多事。」

沒錯！那是馬力的聲音！

「你是誰？」

「你應該問我以前是誰？」

「那你以前是誰？」史古基提高了音調。

「我活著的時候，是你的工作夥伴，我是馬力。」

四周一片寂靜，史古基坐了下來：看著那雙定格的眼睛，讓他渾身不自在。鬼魂身上還有一股令人害怕的陰森氣息，雖然它一動不動的坐在那兒，但它的頭髮、裙子、流蘇依舊在那兒不停的搖擺。

鬼魂發出一陣恐怖的叫聲，史古基嚇得緊緊的抓著椅子，以免自己嚇得昏死過去。當鬼魂脫掉纏在頭上的頭巾時，史古基更害怕了，因為鬼魂的下巴竟然直接掉到了胸前！

史古基嚇得雙腿發軟，跪了下來，用雙手摀住了臉。

「饒了我吧！你這可怕的鬼怪，為什麼要回來煩我呢？」

「每個人活著的時候，靈魂都會四處遊蕩，如果他活著的時候沒這樣做，那麼，他死後也必須這麼做，因為，他註定要在世間遊蕩。啊！我好可憐啊！我的靈魂將會見證那些世間的不快樂——那些都是我活著的時候應該盡力去改變，讓它成為快樂的事。」說完，鬼魂再次狂叫，搖動鐵鍊，舞動著雙臂。

「你為什麼被綁起來呢？」史古基問。

「這條鐵鍊是我生前製造的，是我自己一寸一寸打造出來的，我心甘情願戴著它。」

史古基抖得越來越厲害了。

鬼魂繼續說：「你想不想知道，你以後要帶的那條鍊子會有多長？多重？七年前的聖誕夜，你的鍊子就跟我身上的這條一樣長、一樣重了。現在，你的鍊子更重了，因為這七年來你犯下太多錯了。」

史古基看了看自己周圍的地板，以為會看到五十、六十英呎的鐵鍊，可是他什麼也沒看見。他哀求著：「求求你！多說一些讓我安心的話吧！」

「史古基，我沒辦法！安慰的話來自另一個領域，而且由其他使者來傳達。

我活著的時候，從來沒有為那些我能提供幫助的人考慮過，所以現在換來的是等著我的漫漫旅程。」

「你死了七年，卻一直在世間流浪？」史古基問。

「對，整整七年的時間，無法停歇，也得不到安寧，不斷受到懊悔的煎熬。」

鬼魂又狂叫起來，拚命搖動鐵鍊，聲響聽起來顯得特別恐怖。

「啊！被俘虜！被束縛！戴上鐐銬！不知道什麼時候才能解脫。我現在才知道，每個基督徒的靈魂都在自己那小小的領域裡努力行善，他們只在意人生苦短，沒有更多的時間做善事。我竟然沒發現，自己的生命有那麼多錯誤，但是已經彌補不了，也無法改變我現在的命運了！」

鬼魂又用力把鐵鍊甩到地板上。

「每年的這個時候我最痛苦，以前，每一個聖誕夜，我都是頭低低的穿過

人群，從來沒有抬起頭看看星星——那引領三位智者前往耶穌誕生的破舊馬廄的星星。難道我身邊沒有值得星星指引我去救助的窮苦人家嗎？」

鬼魂繼續說：「我受到的懲罰很不好受，今晚我來這裡警告你，你還有機會擺脫跟我一樣的命運，這是我特地為你爭取的機會和希望！」

「你真是我的好朋友，太感謝你了！」史古基顫抖著，擦去了眉頭上的汗水。

「不久將會有三個幽靈來找你。」鬼魂說。

「我寧願不要這樣的機會。」史古基嚇得臉色發白。

「明天凌晨一點，就在第一聲鐘聲敲響時，第一個幽靈就會出現。」鬼魂又說。「第二個幽靈會在第二天相同的時間到來，第三位也會在第三天晚上十二點的最後一聲鐘響時出現。今後你再也不會看見我了，為了你自己，你一定要記住我告訴你的話！」

鬼魂一步一步往後退，當它退到窗前時，窗戶也完全打開了。空氣中傳來奇怪的噪音，是悲歎和悔恨混雜在一起的哀號。鬼魂加入哀號的隊伍中，然後飛了起來，漸漸消失在黑暗的暮色中。

天空中滿是飛來飛去的鬼魂，它們一邊飛一邊發出呻吟。每個鬼魂都跟馬力一樣，身上也綁著鐵鍊。史古基認出了其中一個，那是他認識的一位老銀行家，他腳踝上鎖著一個巨大的保險箱，在一位坐在冰天雪地、手裡抱著嬰兒的婦女頭上徘徊；他哭了起來，因為他沒有辦法幫助她。老銀行家活著的

時候，雖然有能力幫助她，當時他並沒有那麼做，現在，他已經永遠失去這樣的能力了。

史古基關上窗，又察看了鬼魂進來的那扇門，鎖和門閂都沒有異狀。他很想說一聲：「真是亂來！」可是才一出聲就哽住了。

或許是經歷了過多的驚嚇，或許是他在無意間窺知了未來的世界，這時的他已經疲憊不堪。他走到床前，還來不及脫下衣服就倒下床，睡著了！

幸福手作

聖誕花環 DIY

每年聖誕節，只要在大門掛上代表祝福的聖誕花環裝飾，好運就會降臨喔！

材料

★花葉類

玫瑰花 數朵
雛菊 數朵
滿天星 一束
松果 數個
狗尾草 一束
尤加利葉 一把

◈花草可隨喜好調整，不過，最好選適合做成乾燥花的花材，配色上以紅、綠、白、金、銀為主。

★配件&工具

藤圈
金色或銀色緞帶
鈴鐺
細鐵絲
熱熔膠槍

◈配件選自己喜歡的就可以。

How To Make 作法

1 把花葉類材料綁成一束束，倒掛在通風、乾燥的地方，至少風乾兩週以上。

◈如果遇到陰雨天，也可以放進微波爐加速乾燥。

2 乾燥後的花材修剪成適合的長度，按照自己喜歡的樣子，一一擺放在藤圈上。

3 確認擺放的位置後，再用細鐵絲或熱熔膠把花材固定在藤圈上。

◈使用熱熔膠要注意安全，最好請大人幫忙喔！

4 藤圈上方綁一個緞帶蝴蝶結，再加上鈴鐺。

5 掛在大門上。完成！

A Christmas
Carol 小氣財神

第2章

第一個幽靈登場

史古基醒來時，外面很黑，這時，傳來了教堂鐘聲，他用那雙雪貂般的眼睛在黑暗中探索，並且邊聽邊數著時間。他很驚訝的發現，那口鐘敲了六下、七下……，一共敲了十二下！

「不可能！我不可能睡了整整一個白天，又睡到了第二天晚上的十二點。現在一定是中午十二點。」

他爬下床，走到窗前，外面一片漆黑，他再用睡袍的袖子擦去窗上的霧氣，街道上完全沒有往常正午十二點時的嘈雜人聲。

史古基慢慢走回床邊，開始想著這段時間發生的事。

馬力的鬼魂讓他非常困擾，他試著告訴自己，這一切都是一場夢。

「可是，這真的是夢嗎？」史古基越想越睡不著了。

教堂的鐘聲告訴他已經十二點過三刻鐘了，他想起馬力的鬼魂警告過他——凌晨一點的鐘聲響起時，第一個幽靈將會出現。他決定等到一點，沒想到，接下來的一刻鐘竟然那麼漫長。

終於，午夜一點那悠長而深沉的鐘聲敲響了。

「咚！」

「一點了，什麼也沒發生！」史古基聲音顫抖的說。

沒想到話才說完，屋裡的燈忽然全亮了，床邊的布簾也被一隻手拉開了。一張臉從布簾後露了出來，正好對上坐在床上的史古基。

這位訪客一看就知道不是人——它看起來像小孩又像老人，有光滑而柔軟的臉、雪白的頭髮，穿著純白的長袍，袍子上點綴了一些夏天的花朵。最奇怪的是，它頭上有一束光芒，把整個房間都照亮了。但是，它的腋下夾著一頂可以遮光的帽子，能夠掩蓋住它頭頂上的光芒。

史古基鎮定下心神凝視這位幽靈時，它的皮帶一會兒在這兒閃爍，一會兒在那兒閃爍，身體也隨著搖動不定，一會兒只看到一隻手臂，一會兒是一條腿……，那些看不見的身體部位完全融入黑暗中，連一點輪廓都看不出來。

「你就是那位要來拜訪我的幽靈嗎？」史古基問。

「是的。」幽靈的聲音好像從很遠的地方傳來的。

「你是誰？」史古基又問。

「我是過去的聖誕幽靈。」

「很久的過去嗎？」史古基認真看著幽靈矮小的身形。

「不是，是你的過去。」

史古基想看看幽靈戴上帽子的樣子，於是乞求它戴上。

「你這麼快就要熄滅我給你的光芒了嗎？都是你和你那些同類製造出這頂帽子，還強迫我戴在頭上。」幽靈說。

史古基誠心的表示沒有想要冒犯它，然後大膽詢問幽靈造訪的原因。

「為了你的幸福。」幽靈說。

史古基表現得很聽話，不過還是忍不住想到：「晚上沒人打擾，能好好睡一覺才是幸福吧！」

或許是聽到了史古基的心聲，幽靈立刻回答：「那麼，就算是為了改過自新吧！」

然後，它伸出強壯的手臂拉住史古基：「起來！跟我一起走！」

史古基想哀求它，說這樣的天氣並不適合出去散步，而且床還很溫暖，氣溫更是零下好幾度，但是，幽靈只是輕輕一抓，史古基就升了起來，然後跟著幽靈來到了窗邊。

「我是凡人啊！我會摔下去！」史古基喊著。

幽靈用手在他的胸口點了一下。說：「我只要在你這裡碰一下，你就不會掉下去了。」

他們飛出牆外，站在一條遠離城市的鄉村大路上，黑暗和濃霧已經消散，這是一個寒冷、晴朗的冬日，皚皚白雪覆蓋著大地。

「天啊！這是我出生和長大的地方。」史古基雙手緊握。

空氣中有許多氣味，每一種氣味都讓史古基想起童年的希望、快樂，以及已經被他遺忘的思念。他乞求幽靈帶他到他想去的地方。

「你的臉怎麼了？」幽靈問。

「一個小皰疹。」史古基回答，他不想承認那是眼淚。

「那我們出發吧！」幽靈說。

他們沿著路往前走，史古基認得出每一扇門、每一間郵局、每一棵樹。不久，遠方出現了一座小鎮，有小橋、教堂和蜿蜒的河流。幾個小男孩騎著小馬朝他們飛奔過來，每個小孩都很有精神，廣闊的田地裡充滿了他們歡樂的叫聲。

「這些只是過去的幻影，那些孩子是看不到我們的。」幽靈說。

可是，史古基認出了每個人，開心的叫出了他們的名字。

為什麼史古基會這麼高興？為什麼當他們經過時，他冰冷的雙眼會閃著淚光，心會怦怦跳？為什麼聽到他們互道聖誕快樂時，他會感到欣慰？對史古基來說，什麼是聖誕快樂？聖誕節到底給了他什麼好處？

「學校裡還有人。有個孤單的小孩還在那兒。」幽靈說。

「我認識那個孩子。」說著，史古基哽咽了起來。

他們離開大馬路，到了一棟紅磚建築物前，屋頂立著一個小小的風向標，下面掛著一個鈴鐺。屋子的牆壁長滿了苔蘚，窗戶壞了，大門也破爛不堪。屋裡很簡陋，空氣中有股泥土的味道，荒涼得讓人心寒。

來到屋子盡頭，幾排課桌椅還擺在那裡，一個孤獨的男孩坐在微弱的火堆旁讀書。看到多年前那個可憐的自己，史古基哭了，他已經很久沒有想起這些了。

屋子裡的回音、老鼠發出的吱吱聲、陰暗後院裡水龍頭的滴水聲、楊樹光禿禿的樹枝發出的呼嘯聲、火堆發出的劈啪聲……，觸動了史古基的內心，讓他哭了出來。

突然，一個身穿異國服裝的人站在窗外，他腰間插著一把斧頭，牽著一頭馱滿樹枝的驢子。

「天啊，是阿里巴巴！」史古基驚喜的叫起來。

「那是親愛又誠實的老阿里巴巴。我記得有一年聖誕節，當其他人都回家過節，留下這個孤單的小孩獨自一人在學校時，他來過這裡。

可憐的男孩！還有瓦倫丁和他任性的哥哥歐爾森。啊，那個人叫什麼名字？那個在大馬士革

門前睡著的傢伙，你沒看見嗎？他被妖怪倒吊起來了，你看，他的頭朝下。活該！誰教他要跟公主結婚呢！」

此刻的史古基對過去的事是那麼熱中，他大聲的又哭又笑，滿臉的興奮。

「可憐的孩子。」史古基又哭了起來。

他擦乾眼淚後，低聲說：「我真希望……，但現在一切都晚了。」

「什麼事已經晚了？」幽靈問。

「昨晚有個男孩在我門前唱聖誕頌歌，我應該給他一點什麼東西才對。如果有給就好了。」史古基說。

幽靈若有所思的微笑著，隨後揮了揮手，說：「讓我們看看你的另一個聖誕節吧！」

幽靈一說完，小史古基便長大了。房間變得更黑、更髒了，天花板上的石灰碎片也掉落了。

就跟過去一樣，史古基還是獨自一人，其他的孩子都回家過節去了。當時他並沒有在念書，而是低頭走來走去。

一個小女孩跑了進來，她緊抱男孩的脖子，不停的親吻他。

「親愛的哥哥，我是來接你回家的，回家！回家！」女孩笑著說。

「小芬妮，你是來接我回家的啊！」男孩回答。

「對啊！爸爸現在溫柔多了，我們家就像天堂一樣。有一天晚上我上床前，他還非常溫柔的對我說話，我就提起勇氣問他：『哥哥能不能回家？』他說可以，他還要我坐馬車來接你。」女孩睜大眼睛說著。「再也不要回到這裡了，我們一起過聖誕節，成為世界上最快樂的人。」

「小芬妮，你也長大了！」男孩說，然後開心的跟著她走。

突然，大廳傳來一陣可怕的聲音。

「把史古基少爺的箱子拿下來，放在這裡。」是校長，他表面很謙卑，目光裡卻透著兇狠。他將史古基和妹妹帶到老舊的會客室，拿出葡萄酒和蛋糕，和這兩個年輕人分享，還派了一個瘦小的僕人送東西給馬夫喝。

史古基少爺已經坐在馬車上，馬車快速的向前奔馳，濺起了樹上掉落的雪霜，像極了一波波的浪花。

「她真是可愛，而且心地善良。」幽靈說。

「她真的很可愛。」史古基說。

「她結婚後就去世了，」幽靈說。

「她只有一個孩子。」史古基說。

「就是你的外甥。」幽靈說。

「是的。」

他們離開學校，來到忙碌的繁華大街上。幽靈在一家店門口停下來，問他是否知道這家店。

「我知道，我在這裡當過學徒。」史古基說。

走進店裡，一個戴著威爾士假髮的老紳士，坐在一張高腳椅上。

史古基興奮的大叫：「怎麼可能？是老費茲威格！感謝上帝，他復活了！」

老費茲威格用他那令人愉快的聲音說：「嘿，史古基！迪克！你們過來一下。」

「迪克，天啊！他是我非常要好的朋友。」史古基對幽靈說。

「孩子們，不用再工作了，今晚是平安夜，要準備過聖誕節了。」老費茲威格雙手拍了拍，說：「趕緊把這個地方清理一下，多騰出一些空間來。」

地板打掃乾淨了，燈芯剪好了，壁爐裡也添了一大堆煤，整間店立刻溫暖、明亮了起來。

一個帶著樂譜的小提琴手走了進來，他坐在一張高腳椅上，開始調音。費茲威格太太面帶微笑的走了進來，老費茲威格的三個可愛無比的女兒也進來了，店裡的年輕員工都來了，女廚師和擠奶工人也來了，女僕和她當麵包師傅的堂哥也來了。大家魚貫而入，一共擠了二十對。他們互相擁抱，隨著音樂跳起舞來。老費茲威格大聲說：「跳得好啊！」

他們開心的跳著舞，玩了幾個處罰遊戲，還享用了聖誕大餐——蛋糕、尼格斯酒、檸檬派、一大盤烤肉，還有喝不完的啤酒。當提琴手拉起〈卡弗利爵士舞曲〉，整個晚會達到了高潮。

老費茲威格起身和夫人跳起舞來，還擔任「領舞人」，雖然他們都上了年紀，身材發福，但舞步依然輕盈、優雅，老費茲威格的小腿上好像有一道光束，就像

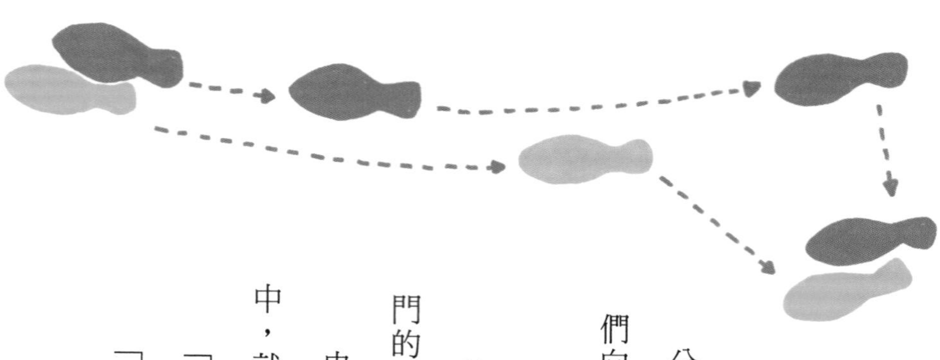

月光一樣，照亮每一個舞步。當他和太太跳完了所有舞步——前進、後退、舞伴牽手、鞠躬屈膝、迴旋、穿針引線、回到原位，最後會一躍而起，雙腿在空中交叉，動作十分靈巧，不僅速度快，又能穩穩落地。從舞池裡退出來時，他們向其他的人點頭行禮，旋轉著離場。

鐘聲敲響十一下時，晚會結束了。老費茲威格和太太站在大門的兩邊與每個客人握手道別，並祝他們聖誕快樂。

史古基表現得一點也不像平時的他，他的心神完全飛入舞會中，就跟當時的他一樣。他回憶起所有事了。

「只是一點小事，就讓這些人滿懷感激。」幽靈說。

「小事……」史古基重複著。

幽靈說：「他不過是花了幾英鎊，可能也就三、四英鎊吧，就值得你們這樣大力吹捧？」

史古基說：「費茲威格先生有能力讓我們快樂，也有能力讓我們不快樂，他能讓我們的工作成為一種幸福，也能使工作變成我們的負擔。就算他只須透過言語、表情或一些微不足道的小事來行使這個權力，那又如何呢？他給我們的快樂是一筆大財富啊！」

發現幽靈正在看自己，史古基不說話了。

「怎麼了？」幽靈問。

「我只是在想，我應該跟我的員工說兩句祝福的話。」史古基說。

史古基和幽靈又回到了街上。

「我的時間不多了，我們得快一點。」幽靈說。

史古基又看見了自己。這一次那個年輕的他長大了一點，大約二十幾歲，這也許是他生命中的黃金時期。他的臉部線條還很柔和，可是眼神卻透露出了貪婪和狂妄。

他身邊坐著一位穿著喪服、雙眼泛淚的年輕女孩。

「你的心被另外一種愛占據了，它已經取代我在你心中的位置。」女孩輕聲說。

「哪一種愛取代了你的位置？」史古基問。

「對於金錢的愛。」

「還有什麼比貧困更可怕的呢？追求財富有什麼好譴責的呢？」史古基說。

女孩說：「你曾經有崇高的理想和抱負，現在這些都被你拋在腦後，你只集中精力專注在賺錢。」

「就算我變得聰明，知道怎麼賺錢了，我對你的感情還是沒變啊！」史古基辯解著。

女孩搖了搖頭。

「當我們還很窮時，我們為愛立下誓言，對一切都心滿意足，期待著有一天能靠勤奮的工作改善生活。可是你變了，雖然我們不再貧窮，你卻變成了另外一個人了。」

「當時我還只是個孩子。」史古基不耐煩的說。

「你不再是當年的你了。我們曾發誓要同甘共苦，但是現在，我們變成兩個不同世界的人，心靈不再契合。如今我們的緣分已盡，是我該放開你的時候了。」

「我從來沒想過要分手。」

「從你已經改變的特質、個性、生活環境、目標都告訴我同一件事

情，如果我們以前不認識……，你還會找個像我這樣的女孩結婚嗎？我想，你不會的。」

史古基繼續辯解說：「不是你想的那樣。」

「我也希望不是。可是你現在還會選擇一個連嫁妝都沒有的窮女孩嗎？我相信你一定會後悔的。所以，我們分手吧！我要和我曾經深愛的那個你分手。」

他想回話，女孩卻轉過頭去，繼續說：

「這樣的結果可能會讓你痛苦一陣子，但你一定會像忘記噩夢一樣忘記我們曾有過的一切。希望你在你選擇的生活中活得快樂。」

說完後她便起身離開了。

「幽靈，不要讓我繼續看下去了！為什麼你要這樣折磨我？」史古基說。

「再看一個畫面。」幽靈說。

幽靈抓住他的手臂，逼著他看眼前發生的一切。

他們到了另一個場景：壁爐前坐著一位漂亮的女孩，她跟之前看到的那個女孩長得很像，而且美麗的她已嫁作人婦。房間裡熱鬧得震耳欲聾，孩子多得讓史古基數也數不清。

「我渴望碰觸那女孩的唇，想看她下眼瞼上的睫毛，想看她因為害羞而臉紅；我想看她將波浪般的秀髮放下，每一吋髮絲都珍貴啊！」史古基想著。

這時傳來一陣敲門聲，女孩笑臉盈盈，也不顧衣服已被孩子們扯得亂七八糟的，便跟著一群激動喧鬧的孩兒一起擁到門口，迎接歸來的父親。

歸來的父親身後跟著一個提滿聖誕禮物的送貨員，孩子們一起衝上去搶自己的禮物。孩子們每打開一件禮物就發出一陣驚喜的歡呼。在一陣歡樂與狂喜之後，孩子們都累了，於是帶著愉悅的情緒上樓睡覺去了，一切才又恢復了寧靜。

史古基看清眼前的景象了。屋裡的主人走近火爐，靠在妻子身邊坐著，他女兒也倚在他的腳邊。史古基心想：這個優雅、美麗的女孩本來應該叫自己父親，而且會為自己枯燥的生活帶來歡樂……，想到這裡，他的淚水竟在眼眶裡打轉了起來。

「寶貝兒，下午的時候我碰見了你的一個老朋友。」那父親微笑著對妻子說。

「我想想……，是史古基先生？」她笑著對他說。

「是他。我經過他的辦公室，他在裡面點了根蠟燭。我忍不住探頭進去看看他。聽說和他一起工作的夥伴生病了，他一個人坐在那兒，一定很孤單。」

「幽靈，快帶我離開。」史古基嘶啞著嗓子說。

「我告訴過你，這些全是過去發生過的事實。」幽靈說。

「快帶我離開，帶我回去，不要再捉弄我了！」

幽靈沒有反應。史古基看到它頭頂的光環越來越明亮，便抓住帽子壓在幽靈頭上，想要熄滅它頭上的光。

儘管他用盡全力把帽子從幽靈頭上穿過那無形的身體直壓到地上，光還是從帽簷下透了出來，照亮了整個地面。

史古基已經筋疲力盡，當他使盡最後的力氣壓下帽子時，發現又回到了自己的臥室，他搖搖擺擺的倒在床上，沉沉的睡著了。

知心小測驗

你是大方或小氣的人呢？

Q ***零用錢不小心花光了，***
偏偏有個重要的人（家人或好朋友）
邀請你參加生日派對，
這時候，
你會用什麼方法幫壽星慶生呢？

先勾選一個你會用的方法，
再翻頁看解析喔！

□ A 利用家裡現有的材料，親手做一個生日蛋糕或小飾品，為壽星送上祝福。

□ B 排練一齣趣味短劇，或是表演唱歌、跳舞來逗樂壽星，給對方一個難忘的的生日驚喜。

□ C 召集其他家人或朋友，一起出錢合買生日禮物，沒錢的你只負責跑腿採買，為壽星獻上祝福。

□ D 親手做一張生日卡片，寫上文情並茂的祝福文字，再摘些繽紛的野花做成花束送給壽星。

A 親手做一個生日蛋糕或小飾品

大方指數 ★★★☆☆

你的個性中規中矩，在使用金錢時都會先做規畫，如果有能力也會熱心幫助別人。你也會在自己能力範圍內把任務完成，所以在家人、朋友眼中，不僅是個大方的人，也是忠實又可靠的人。

B 排練一齣趣味短劇，或表演唱歌、跳舞

大方指數 ★★★★☆

你在金錢花費上總是用得恰到好處，如果由你來主辦派對，一定可以達到賓主盡歡的效果。因為心細又有巧思，還很會善用創意來扭轉劣勢，在家人、朋友眼中是個大方又有趣的人。

C 召集其他家人或朋友，一起出錢合買生日禮物

大方指數 ★★☆☆☆

你在金錢使用時對自己都很大方，不過，對別人就會發揮精打細算的精神。而且，你有一個善於分配任務的金頭腦，可以讓其他人都樂於聽從你的安排，雖然小氣，在家人、朋友眼中卻是個做事冷靜、有條不紊的人喔！

D 親手做一張生日卡片和花束

大方指數 ★★★★★

你在金錢使用上非常大方，只要是可以達到浪漫效果的事情，就算花光存款也無所謂。你的個性樂觀、開朗，還擁有一顆如藝術家的心靈，所以，在家人、朋友眼中，你是個超級無敵大方的人呢！

A Christmas
Carol 小氣財神

第3章

第二個幽靈登場

他。

在一陣鼾聲中，史古基醒了。馬力說過，第二個幽靈會在凌晨一點來拜訪他。

這一次他不想被幽靈嚇到，所以自己拉開了床邊的布簾。鐘聲響了一下時，史古基開始顫抖起來，可是什麼事都沒發生。又過了十五分鐘，一束紅色的光芒照到床上。

他下了床，走到客廳門口，一個奇怪的聲音呼喚著他。這時，客廳裡發生了讓人驚訝的變化——牆上和天花板掛滿常春藤，枝上掛著漿果，冬青、槲寄生和樹葉反射著光，就像房間裡放著許多面鏡子。

壁爐裡竄起了熊熊的火焰，地板上堆滿各種食物：火雞、烤鵝、一串串的香腸、檸檬派、二十吋大蛋糕、熱呼呼的栗子、梨子、蘋果、橘子……。

一個笑呵呵的大個子幽靈坐在這些食物堆成的寶座上，高舉著一個山羊角模樣的火炬，火炬上的光束正好照到史古基身上。

「進來吧！這樣你就能把我看得更清楚了。」幽靈說。

史古基低著頭走到幽靈面前。

「看著我，我是現在的聖誕幽靈。」幽靈說。

史古基抬起頭，只見幽靈穿著深綠色長袍，滾邊上裝飾著白色的毛。長袍鬆垮的套在幽靈身上，露出整個胸口。它沒穿鞋，腳從長袍下露了出來。它的頭上裝飾著聖誕花環，深棕色的長髮垂下來，襯托出它那張友善的臉。它的腰間掛著一個鏽跡斑斑的劍鞘，可是裡面沒有劍。

「你想帶我去哪兒都行。昨天，第一位幽靈逼著我跟它走，我學了許多寶貴的經驗。今晚，你有什麼就盡量教給我吧！」史古基說。

「摸我的長袍。」

史古基照做了，他的手立刻黏在長袍上。

這時候所有的冬青枝、聖誕花環、美味的食物都不見了。房間裡的爐火和黑夜也消失了。

現在是聖誕節的早晨，天氣很冷，人們忙著剷掉人行道和屋頂上的雪，孩子們看見瀑布般的雪從屋頂流瀉到地面上，都興奮極了！天色陰沉，霧氣籠罩著整條街，但是空氣中瀰漫著一種令人快樂的氣氛。在屋頂掃雪的人，高興的打著招呼，互丟雪球，如果丟中了，就哈哈笑幾聲，要是沒丟中也一樣很開心。

水果店開門了，門口擺了好幾藍栗子，蘋果、梨子堆得像金字塔一樣高，一串串的葡萄也掛在顯眼的位置上，讓人垂涎三尺。而棕色的榛子散發出的香味，讓人想起在林間散步的回憶，想起腳踝埋在枯葉裡的樂趣。

在各種水果中還擺了一個魚缸，魚缸裡有幾條金、銀色的魚，牠們好像也知道今天是特別的日子，所以帶著悠閒的心情慢慢的優游著。

雜貨店櫃檯上的秤發出快樂的聲音，茶和咖啡混合成一種誘人的氣味，葡萄乾粒粒飽滿，杏仁顆顆白淨……，可口的食物都換上了聖誕服裝。店裡的顧客匆忙穿梭著，手上提的竹籃老是互相撞來撞去，但是他們仍舊保持著好心情。

教堂鐘聲正在召喚著，於是人們穿上自己最好的衣服，愉悅的走向教堂。這時，窮苦的人們也湧向了麵包店。

幽靈站在麵包店門口，史古基跟在它背後，當這些窮人經過時，幽靈就會用火炬往他們的晚餐盒子裡加上一點料。這把火炬還真神奇啊！如果端著飯菜的人撞在一起，開始吵架了，幽靈就用火炬往他們身上灑幾滴水珠，他們馬上就和顏悅色了，在聖誕節還要吵架是很丟臉的！

「你用火炬灑上的東西有什麼特殊的味道嗎？」史古基問。

「我加了點『我的味道』。」

「為什麼是給窮人？」史古基又問。

「因為他們最需要它。」

史古基沉思了半晌，說：「我很好奇，為什麼你想約束這些窮人，剝奪他們感受歡樂的機會？」

「我！」幽靈叫道。

「你每隔七天就剝奪他們用餐的機會，今天不是他們能好好享用一餐的日子嗎？」史古基問。

「我！」幽靈叫道。

「你讓麵包店在星期日不開店，不是嗎？」史古基說。

「我！」幽靈說。

「如果我說錯了，請你原諒我。星期日休息是假借你的名義，或是你們家族某個成員的名義。」史古基說。

幽靈回答：「世界上總是有像你這樣的人，聲稱了解我們，假借我們的名義，進行激情、仇恨、嫉妒和自私的行為，其實我們並不認識這些人。請你記住，他們應該為自己所做的一切負責，而不是把帳算在我們頭上！」

史古基保證他會記住幽靈所說的這些話。

幽靈又帶著史古基來到了他的員工──鮑伯

的家門前。它用火炬灑下對他們一家人的祝福。

鮑伯的妻子——克萊奇特夫人，正在布置餐桌，二女兒貝琳達在一旁幫忙。兒子彼特把叉子叉進一個裝滿馬鈴薯的長柄鍋裡，看看是不是已經熟了。另外兩個小一點的孩子——一個男孩和一個女孩興奮的說，經過麵包店時聞到烤鵝的香味，幻想著那是給自己吃的美食。彼特吹著火控制火候，馬鈴薯已經快煮熟了。

「媽媽。」傳來一個女孩的聲音。

「瑪莎回來了！啊，有烤鵝耶。」兩個孩子叫道。

「親愛的，怎麼忙到這麼晚？快到火邊來暖和一下。」克萊奇特夫人說。

「哦，爸爸回來了。瑪莎，快躲起來！」兩個孩子喊完，瑪莎便趕緊躲起來。

鮑伯走了進來，肩上扛著小提姆。小提姆腿上有鐵架支撐著，走路需要拄著拐杖。

鮑伯四處張望了一下，大聲問：「瑪莎呢？」

「還沒回來。」克萊奇特夫人回答。

「聖誕節怎麼還不早點回家？」鮑伯說著，心情盪到了谷底。

瑪莎不忍心看到父親這麼失望，便從衣櫥門後跳了出來，衝到父親懷裡。兩個小孩則把小提姆從爸爸肩上抱下來，帶他到廚房去看看布丁做好了沒有。

「提姆今天表現得如何？」克萊奇特夫人問。

「很不錯！他老是有一些奇特的想法，他告訴我，在教堂時他希望人們多看看他，看著他不良於行的雙腳，就能提醒人們在聖誕節這天，想起耶穌曾讓瘸腿的乞丐走路，讓盲人重見光明，他覺得這是件令人開心的事。」鮑伯說。「沒錯，小提姆越來越堅強了。」

這時，傳來一陣拐杖輕輕敲擊地板的聲音，是小提姆走進來了。他的哥哥、姊姊們攙扶著他，讓他坐在火爐旁的椅子上。彼特和弟妹去廚房端烤鵝，一會兒又浩浩蕩蕩走了進來。

克萊奇特夫人把肉汁加熱，彼特把馬鈴薯打成泥，貝琳達在蘋果醬裡加糖。鮑伯把小提姆的椅子拉到餐桌的一角，讓他坐在自己身邊。大家終於坐下來了，於是一家人開始禱告。

禱告結束後，克萊奇特夫人慢慢的環視餐桌，望向切肉刀，大家都屏氣凝神，看著她把刀插進鵝肉裡。當切開烤鵝、露出裡面的餡料時，響起一陣歡呼聲。

對鮑伯一家來說，這隻加了蘋果醬與馬鈴薯泥的烤鵝，真是太豐盛了！大家吃得乾乾淨淨，一點都沒剩下。接下來克萊奇特夫人走到廚房去拿布丁，她有點擔心布丁沒做成功。

半分鐘後，克萊奇特夫人笑容滿面的走進來，手裡捧著一個周圍有白蘭地酒燃燒著，上面還裝飾著一束冬青葉子的布丁。

鮑伯喊道：「好棒的布丁啊！這是我們結婚這麼多年來，你做得最好的一次了。」

克萊奇特夫人說：「終於鬆口氣了，剛開始很擔心，因為家裡的麵粉不太夠。」

終於吃完了聖誕大餐，大家又品嘗著架在火爐上的酒。接著蘋果和橘子都端上桌，火爐上還烤了一鑵子的栗子。大家都圍坐在火爐旁，鮑伯幫大家倒了酒，說著祝酒詞：「祝我親愛的家人聖誕快樂。願上帝保佑我們每一個人！」

每個人都跟著念了一遍。

小提姆說：「願上帝保佑我們每一個人！」

鮑伯輕輕的抓著小提姆那隻萎縮的手，深怕有人會把他從身邊奪走。

看著這一幕，史古基竟然很關心的問幽靈：「小提姆能活下來嗎？」

幽靈回答：「我看到屋子角落有一張空椅子和一根沒人用的拐杖。如果這些未來的影像沒有改變，那就是小提姆的命運了。」

「噢，不！善良的幽靈，你饒了他吧！」史古基喊著。

幽靈回答：「就算他會死又怎樣？你不是說過，這些窮人死了，正好可以緩和人口過剩的壓力嗎？」

史古基羞愧的低下了頭。

幽靈繼續說：「要是你還有一點人性，就別再說這種話。說不定，比起那些窮人的孩子，你更沒有資格活在這個世界上啊！」

受到幽靈的譴責，史古基渾身顫抖，眼睛死盯著地面。忽然，他聽見鮑伯家有人提起他的名字。

原來是鮑伯舉起酒杯，說：「敬史古基先生！因為有他，我們才能享用這頓大餐。」

「如果他在這裡，我會好好訓他一頓，把他當作聖誕大餐！」克萊奇特夫人生氣的說。

「親愛的，今天是聖誕節。」鮑伯說。

「就是因為今天是聖誕節，我們才會為史古基那個吝嗇、討厭、沒人性的人舉杯祝福。」克萊奇特夫人說：「好吧！為了聖誕節精神，我願意祝他身體健康、長命百歲。」

孩子們也心不甘、情不願的跟著祝福史古基，因為，只要一提到史古基的名字，剎時有如烏雲罩頂，使得過節的興致低落了不少。

這時，鮑伯告訴家人，他想像彼特長大後到社會上賺錢的情形，他每週可以賺六便士。彼特坐在火爐旁，像是在思考著他可以把微薄的薪水拿去投資什麼。在女帽設計店當學徒的瑪莎，也告訴大家她平時都做些什麼工作。

聊著，聊著，栗子已經烤好，酒也溫好了。這時小提姆唱起了歌，歌詞寫

的是一個小孩在雪地裡迷路的故事。小提姆唱歌時聲音不大，略帶哀傷，聽起來還真是不錯呢！

這家人極為平凡。他們的長相一般、衣著簡樸，但是他們快樂、感恩，對於所擁有的一切都很知足。

當鮑伯一家的影像漸漸消失時，幽靈手中的火炬燃燒得更亮了。

天黑了，雪下得更大了。街上家家戶戶的客廳都燈火通明，布置得充滿過節的氣氛。幽靈很高興，它張開大大的手，大方的灑下快樂和光明。

接著他們來到了一個荒原，那裡四處都是奇形怪狀的巨石，像是巨人的墳場。

「這是哪裡？」史古基問。

「礦工們住的地方，他們在很深的地底工作，你看！」幽靈指著有燈光的窗子。

史古基看見一群快樂的人圍坐在火堆旁，那是一對老夫妻和他們的兒孫。老先生唱著一首古老的聖誕歌曲，所有人都加入了合唱。

不久幽靈和史古基離開了礦工家，飛過了荒原。下面是波濤洶湧的大海，海水咆哮著，非常嚇人。

在離海岸幾里遠的礁石上，有一座孤伶伶的燈塔。兩個燈塔的守衛升起了一堆火，喝著烈酒，互相祝福對方聖誕快樂。

幽靈和史古基再次加速飛越漆黑大海，來到了一艘船的甲板上，船長和船員都帶著歸航的期盼，不是哼著聖誕歌曲，就是在心中默默想著聖誕節，或是跟同伴談論著以往在家裡過聖誕節的情景。

突然間，史古基聽見一陣開懷的大笑聲，那是他的外甥弗瑞德在笑，讓他驚喜的是，他們來到了一個明亮的房間。

沒有什麼事的感染力能比得上笑聲了。弗瑞德一邊大笑著，一邊做出滑稽的表情，他的妻子以及跟他們一起過聖誕節的朋友也樂不可支。

「舅舅說，聖誕節根本是亂來。」弗瑞德說。

「舅舅真是可憐啊！」弗瑞德的妻子很認真的說。

她長得真美，有迷人的酒窩、一雙閃閃動人的眼睛。

「其實，我對他沒有什麼不滿，他是個有趣的老人。」弗瑞德說。

「你說過他很有錢。」弗瑞德的妻子說。

「有什麼用呢？他不會用這些錢讓自己過得舒服點，甚至一想到將來要把這筆財富留給我們就渾身不舒服。」弗瑞德說。「雖然我邀請他來卻被拒絕了，但我不會生氣。他不喜歡我們，拒絕過來吃聖誕大餐，最後受苦的還不是他自己。」

「沒錯！他錯過了一頓大餐。」弗瑞德的妻子說。

「他不來過聖誕節，就錯過許多跟我們相處的快樂時光，但是，我每年還是會帶著好心情去邀請他。也許他哪天被我的熱誠感動，開心的送給那可憐的員工五十英鎊當作禮物呢！」弗瑞德說。

喝完茶，大家開始彈琴、唱歌。弗瑞德的妻子彈著豎琴，大家齊唱著一首小曲，雖然曲調簡單，卻深深觸動了史古基，因為，這首曲子正是當年把史古基從寄宿學校帶回家的那個小女孩所熟悉的曲子。

史古基心想：要是經常聽到這首曲子，或許自己就會變得善良又仁慈，也不會用一把鋤頭就把馬力草草埋葬了。

隨後，一群人像孩子一樣開始玩起處罰遊戲，今天是聖誕節，紀念的不就是一個小孩嗎？

首先玩的是盲人遊戲，假扮盲人的是塔普，他喜歡弗瑞德妻子的妹妹，不

管她走到哪兒，塔普就跟到哪兒。而她呢？儘管她靈巧的閃躲、最後還是被他逮住了。

弗瑞德的妻子拿手的問答遊戲，史古基也很感興趣，他忘了別人聽不到他的聲音，竟然還大聲的作答，而且都答對了呢！

「開始玩新遊戲了，讓我再多待半小時吧。」史古基哀求著幽靈。

這遊戲叫做「是」或者「不是」，玩法是弗瑞德在心裡想著某個東西或者某個人，其他人以發問的方式來猜答案，而弗瑞德只能用

「是」或者「不是」來回答。

「是的，是隻挺讓人討厭的動物；是的，牠住在倫敦；不是，沒人牽著牠；不，不是公牛，不是老虎……。」回答每個問題時，弗瑞德都發出一陣爽朗的笑聲。

最後，弗瑞德妻子的妹妹大喊：「我知道了！是你的舅舅，史古基！」她猜對了。

「史古基舅舅讓我們今天過得非常快樂，讓我們為他的健康喝一杯。」弗瑞德舉起了酒杯。

「無論他在哪裡，我們都祝他聖誕快樂，新年快樂！」

心懷感謝的史古基，也在心裡祝他們聖誕快樂、新年快樂。

之後，史古基和幽靈又拜訪了很多家庭，大部分的家庭都充滿快樂和歡笑。他們站在病人的床邊，病人開心了起來。他們也看到工廠、醫院和監獄裡的貧窮和悲慘，但是，每次受到幽靈的祝福後，他們的錢就變多了一點，快樂也多了一點。

這個夜晚真漫長！奇怪的是，史古基的外貌沒有改變，可是幽靈的頭髮已經變得花白，看起來越來越老了。

「我在地球上的生命非常短暫，今晚就會死掉。」幽靈說。

這時，時鐘走到了十一點四十五分。

幽靈從袍子的縐褶裡拿出兩個小孩——一個男孩和一個女孩。他們臉色發黃、愁眉苦臉、衣服破爛，卑微的跪在幽靈腳邊，緊緊抓著它的袍子。

史古基被這景象嚇壞了。

「幽靈，他們是你的孩子嗎？」史古基害怕的問。

「他們是人類的孩子。男孩是『無知』，女孩是『貪婪』，他們從祖先身旁逃走，依附在我身上，你一定要提防他們以及他們的同類，尤其是這個男孩。因為我看見他額頭上面寫著『命運』兩個字，除非能將他們消除，否則人類最終會滅亡。」幽靈揮動手臂指向城市，大聲叫著：「繼續爭權奪利吧！你們一定會得到報應的！」鐘聲敲響十二下之後，幽靈不見了！

最後一聲鐘響後，史古基想起了馬力的預言。他睜開眼睛，看見一個身披長袍、頭戴圍巾的幽靈正朝他走來！

美味料理教室

聖誕樹沙拉

用簡單食材就能把聖誕樹端上桌，
製造聖誕大餐中的小驚喜喔！

材料

馬鈴薯 2顆
紅蘿蔔 1根
綠色花椰菜 半顆
小黃瓜 2條
小番茄 數顆
蛋 2顆
沙拉醬

★工具

星星形狀的食物切割模型

How To Make 作法

1 馬鈴薯削皮、切塊。紅蘿蔔削皮後，把一半切成丁。綠色花椰菜切成小朵。切好後都洗淨。

2 蛋（2顆）洗淨，和步驟1的材料一起放入電鍋的內鍋，然後在外鍋放1.5杯水蒸煮。

3 一條小黃瓜洗淨後刨成絲，加入少許鹽拌一拌並靜置20分鐘，然後擠乾水份。另一條小黃瓜刨成長條薄片。

4 剩下的半根紅蘿蔔切片，再用模型壓切成星星形狀。

5 取出步驟 2 煮好的食材，把馬鈴薯壓成泥、蛋去殼後壓碎。馬鈴薯泥、碎蛋和紅蘿蔔丁、小黃瓜絲拌在一起。

6 步驟 5 食材再加入沙拉醬、鹽拌勻後，在盤子上堆疊成小山丘狀。接著，把長條薄片小黃瓜繞在沙拉上，再用綠色花椰菜、小番茄、星星狀胡蘿蔔裝飾。完成！

A Christmas
Carol 小氣財神

第4章

第三個幽靈登場

幽靈緩緩朝史古基走過來，它身上穿著黑色的長袍，臉和身體都被遮住，剩下一隻手露在外面，幾乎與黑夜融為一體了。

這個幽靈高大又威武，神情很嚴肅，那種神祕感讓史古基非常害怕。

「你是未來的聖誕幽靈嗎？」史古基問。

幽靈用手指了指前方。

史古基繼續問：「你要讓我看那些還沒有發生，但未來就要發生

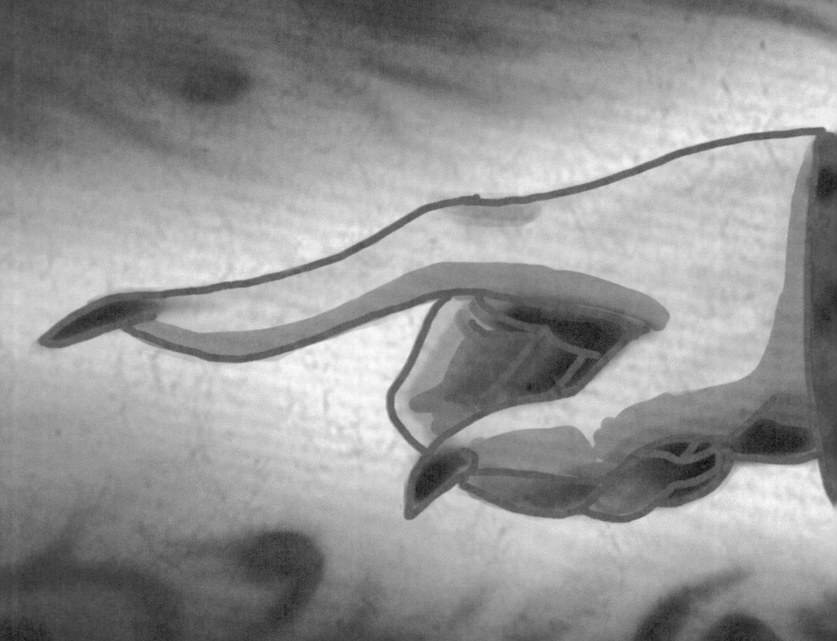

的事情嗎？」

這段時間，史古基雖然已經習慣了跟鬼魂做伴，但是他還是嚇得雙腿發抖，只能勉強跟著這個沉默的幽靈向前走。一想到有雙詭異的眼睛正躲在斗篷裡盯著他，史古基忍不住哭喊著說：「比起其他幽靈，我最怕你了。我已經打算改過自新做個好人，準備好要跟你一起走了。你可以跟我說說話嗎？」

幽靈的手又指向前方。

「那你帶路吧！夜晚的時間過得很快，我們走吧！」史古基說。

他們來到了城鎮中心的交易所，那裡全是生意人，有些匆忙的跑來跑去，有幾個人正在談論事情，也有人不斷的低頭看錶。幽靈在一小群生意人的旁邊停下來，還用手指著他們。史古基馬上走過去，想聽聽他們在說些什麼。

一個胖男人說：「我不是很清楚，我只知道他死了。」

「什麼時候死的？」另一個人問。

「好像是昨天晚上。」胖男人回答。

「他怎麼了？我還以為他永遠不會死呢！」又有人發問。

「他的財產怎麼處理呢？」一個臉紅紅、鼻子上長著大瘤的男人也提出疑問。

胖男人打了一個哈欠，說：「可能留給他的夥伴吧？反正他不會把錢留給我。」

聽到這兒，大家都笑了。

胖男人又說：「他的葬禮一定很簡單，因為沒什麼人會想參加。你要去嗎？」

「要是有提供午餐，我就去。」鼻子上長著大瘤的男人說。

大家又笑了。

胖男人接著說：「我根本不想去。我從來沒戴過葬禮上的黑手套，也沒有在葬禮上吃過午餐。不過，如果你們都去了，我就會去。我應該是他唯一的朋友吧！因為走在大街上遇見他時，我是唯一一個會停下來跟他打招呼的人。」

史古基很驚訝，這種隨意的談天，到底有什麼重要性？為什麼幽靈要帶他來聽呢？

然後，幽靈又飄到一條街道，手指著兩個路人。史古基認識這兩個生意人，他們都非常有錢，也很受到尊重。

第一個人說：「魔鬼終於把他帶走了。」

第二個人說：「我也聽說了。天氣真冷啊！」

「聖誕節這麼冷不是很正常嗎？我想，你不想溜冰吧！」

「不溜了，我還有事要忙呢！再見！」

聽完這兩個人的對話，史古基開始思考著，幽靈讓他聽這些談話有什麼用意呢？

他們談論的應該不是他的老搭檔馬力吧！因為他的去世是過去的事了，而這個幽靈代表的是未來。不過，可以確定的是，他們討論的那個人在生命最後的日子裡改變了很多，所以他們對他感到相當同情。

史古基決定牢牢記住他所聽到的每一句話，尤其是等到「未來的自己」出現後，一定要好好觀察。他有個預感，「未來的自己」會把他所漏掉的線索都拼湊起來，到時候就能解開謎團了。

於是，史古基開始四處尋找未來的自己，但是他並沒有在人群中看到自己的身影。這時候，他已經決定改變自己了，他期待一個全新的史古基會出現。

當史古基從沉思中醒過來時，幽靈的頭慢慢轉動了，它長袍下的眼睛直盯著他，讓他怕得渾身發冷。

隨後他們來到一個偏遠的地方，這裡的街道狹窄又骯髒，房子都倒塌了，商店也關門了；住在這裡的人衣著破爛、渾身酒氣。整個地方都充斥著罪惡、骯髒和神祕的氣氛。

街道上，有間商店顯得十分突出。史古基從窗子往裡面看，看到了一堆生鏽的鑰匙、鐵鍊、公文箱和散落在地板上的垃圾，以及一箱箱的動物骨頭和內臟。還有一個頭髮花白、將近七十歲、名叫老喬的老頭，正坐在一堆炭火旁抽著菸斗。

史古基和幽靈穿過牆壁，進到屋內。這時候，有個面容憔悴的老婦人拖著沉重的包袱走進房間。不久，另一個婦人也揹了一大包東西進來，接著，一個穿黑衣服的男人也跟進來了。這幾個人看見對方時都大吃一驚，可是一發現竟然是認識的人時，又不約而同的爆出了笑聲。

第一個進來的女人說：

「我是第一個來的！第二個進來的是洗衣婦，最後進來的男人是殯葬師的助手。老喬，我們三個並沒有事先約好喔！」

「這裡是你們碰面的最佳場所！」老喬抽出嘴上的菸斗，說：「你對這裡太熟悉了，另外兩個人也不是第一次來。等一下，我先去關門。走，我們都到客廳去。」

客廳就在一塊破布簾後面，老喬用一根舊樓梯的欄杆撥了撥炭火堆中的煤塊，然後用菸管清了冒煙的燈芯，又把菸斗放進嘴裡。

清潔女工把包袱丟在地板上，用充滿敵意的目光看著另外兩個人。

「蒂爾伯太太，每個人還不都是為自己打算啊！他一直都是這樣。」清潔女工說。

「沒錯，沒有人比他做得更徹底的了。」洗衣婦說。

「你們不會把偷他東西的事情說出去吧？」清潔女工問。

「當然不會！」洗衣婦和穿黑衣服的男人異口同聲的說。

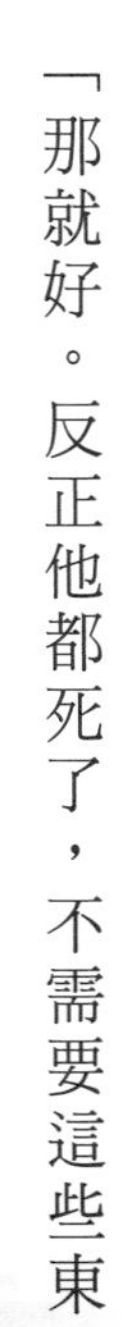

「那就好。反正他都死了，不需要這些東西啦！」清潔女工說。

「這個邪惡的老吝嗇鬼，誰叫他那麼小氣呢？如果他大方一點，臨死時就會有人照顧他，而不是一個人躺在那兒，孤伶伶的嚥下最後一口氣。」

「那是他應得的報應。」

清潔女工說：「我希望對他的懲罰再重一點。如果還有東西可以偷，我一定不會客氣。老喬，打開包袱，幫我估個價吧！」

這時，穿黑衣服的男人趕緊搶先打開自己的包袱，裡面有印章、鉛筆盒、袖釦和胸針。老喬仔細檢查這些贓物後，在牆上寫出每件物品的價格，說：「總共六便士，不能再多了！」

洗衣婦也打開自己的包袱，裡面有床單、毛巾、銀湯匙和幾雙靴子。老喬也報了收購價格給她。

最後是清潔女工，等她解開包袱的結後，裡面是一大捲很重的黑布。

老喬問：「這是床帷嗎？」

「是啊！」

「你該不會在他還沒嚥下最後一口氣時，就把這些扯下來偷走了吧？」

「是啊！只要是拿得到的東西，我就不會放過！哼！對他這種人我是不會客氣的。」清潔女工冷酷的說。

「這也是他的毯子嗎？」老喬又問。

「是的。反正現在沒有了這床毯子，他也不會感冒了。」

「希望他不是得傳染病死掉的……」老喬邊檢查毯子邊說。

「不用擔心，如果他有傳染病，我才不會待在他身邊。你看，這件是他最好的襯衫，絕對找不到一個破洞，還好被我拿來了，不然就浪費了。」

「你說『浪費』是什麼意思？」老喬問。

清潔女工大笑說：「這件襯衫本來要跟著他一起火化，但是我把它脫了下來，幫他換上一件舊襯衫了。」

聽到這段話，史古基覺得心裡發毛。

這幾個人在老喬的油燈下炫耀著偷來的戰利品，看著他們，史古基覺得，再也沒有比這個更厭惡、噁心的事情了。

老喬又取出一個裝滿錢的法蘭絨盒，清潔女工看了，說：「哈哈哈！他生前把我們都趕走，現在他死了，我們卻在他身上得到不少好處呢。」

「天啊！幽靈，他們說的那個人可能就是我啊！我的下場應該就是那樣吧！但是，到底為什麼啊？」史古基渾身顫抖的說。

接著，史古基和幽靈站在一張沒有床帷和毯子的床旁邊，破爛的床單下，有個東西靜靜的、一動也不動的躺著。

這是誰的房間？

這時，從窗外射進來的一道光照在床上，原來那是一具被洗劫一空、身邊沒人守護的男人屍體。

幽靈指著屍體的頭部，像是在叫史古基去掀開那張破床單，去看看那張臉。但是史古基沒有半點力氣了。

「啊，冷酷又可怕的死亡之神，你動不了那些受人尊敬、崇拜的人，你沒辦法讓他們變得面目可憎，因為，雖然他們的心臟已經停止跳動，但是他們生前總是樂於幫助別人，他們的心曾經勇敢而溫暖，並且流動著熱血。看看那傷口湧出的熱血，將會使這世界生生不息啊！」

周圍安靜無聲，史古基的耳邊響起了這些話。他想：如果床上那個人死而復生，他第一個念頭會是什麼？是欲望？還是競爭激烈的生意？

房間裡一片漆黑，沒有人陪伴這具屍體，懷念他以前對他們有多麼和善。一隻貓抓著門板，壁爐底下有老鼠啃咬的聲音，牠們想在這個死人的房間裡得到什麼呢？史古基不敢再想下去了。

「幽靈，太可怕了，我們快點離開這裡吧！我已經得到教訓了，這教訓讓我終生難忘。」

幽靈只是死盯著史古基，一動也不動。

史古基痛苦的說：「在這個城市裡，如果有誰會為了他的死去而傷心，拜託你快帶我去看看吧！」

幽靈揮開長袍，他們便來到另一個房間。史古基看見一個女人和幾個孩子；女人焦急的往窗外張望，好像在等人。

敲門聲終於響起了！她趕緊幫丈夫開門。年輕的丈夫滿臉愁容，顯得很憔悴。他在餐桌旁坐下，沉默的吃起晚餐。

「是好消息還是壞消息？」臉色慘白的妻子問他。

「壞消息。」

「我們破產了嗎？」妻子焦急的問。

「我們還有一絲希望，卡洛琳。」

「如果他大發慈悲同意延長還款期限，我們就會得救，但是奇蹟會發生嗎？」

「他沒辦法大發慈悲了，因為他已經死了！」丈夫說。

男人的妻子先是為那個人的死鬆了一口氣，馬上又為這種想法感到羞愧，並請求上帝原諒。

「我之前去找他，想求他多給我們一星期的時間，可是那時他已經病得很嚴重，就快死了。」

「我們的債務怎麼辦？要還給誰？」

「不知道。但是那個接管他債務的人一定會比他善良，因為沒有人會比他更壞了。親愛的卡洛琳，我們今天晚上可以好好睡上一覺了。」

圍繞在四周的孩子們，儘管聽不太懂，氣色也跟著明亮了起來。那個男人的死，竟然為這個家帶來了歡樂！

「幽靈，我只看到別人因為他的死感到開心，難道就沒有人為他的死感到難過嗎？」史古基問。

幽靈又帶著史古基穿過幾條街道，來到鮑伯的家門口。屋子裡，克萊奇特太太和女兒們坐在壁爐前做著針線活兒，彼特正在看書，一切是那麼的安靜。

「在這麼微弱的燭光下縫衣服，我的眼睛很難受，你們的父親應該快到家了吧？」克萊奇特太太說。

彼特闔上書本，說：「父親現在走得比較慢，會比較晚回到家，這幾天都是這樣，媽媽。」

克萊奇特太太強顏歡笑的說：「我知道。他以前扛著小提姆，走得很快。他很疼小提姆，而且小提姆身體很輕，他一點也不覺得麻煩。」

鮑伯回來了，克萊奇特太太趕忙開門讓丈夫進來，幾個大孩子搶著幫爸爸端茶，小一點的孩子也爬上爸爸的腿，彷彿在安慰他：「爸爸，別難過。」

鮑伯稍微開心一點了，他看見桌上的針線活兒，便讚美起妻子和女兒的手藝，說：「星期日一定能做好，到時就可以穿了。」

「你今天去過那裡了嗎？」克萊奇特太太問。

「是的，我今天去了。那裡綠草如茵，安靜又詳和，我答應小提姆，以後每個星期日我們都會去看他。我可憐的孩子啊！」說完，鮑伯再也忍不住悲傷，淚流不止。

他起身走到樓上的房間，裡面布置著各種聖誕飾品。鮑伯坐下來陷入了沉思，然後，彎下身吻了小提姆小小的臉蛋。這時，他接受了事實，認命了，於是走下樓。

他們一家人圍坐在火爐邊聊天。鮑伯說：「史古基先生的外甥弗瑞德真是仁慈，前幾天在街上碰到他，他看出我很難過，問我發生了什麼事，我就把小提姆過世的事跟他說了。他說，他為我們感到難過，還遞給我一張名片，說：『如有需要幫忙，請儘管來找我。』他真善良啊！我們的痛苦他都能感同身受！」

「他一定是個好人！」克萊奇特太太說。

「要是你有機會跟他交談，你會更加肯定他是個好人！說真的，要是他幫我們的彼特找到一份工作，我也不會驚訝。」鮑伯說：「親愛的孩子，將來你們長大、結婚了，總有一天我們會分開，但我們一定不會忘記小提姆……，永遠不會忘記我們第一次與家人的分別。」

「我們絕對不會忘記的，爸爸。」孩子們喊著。

「雖然小提姆只是個小小孩，當我們想起他是一個善良又勇敢的孩子時，我們就應該三思而後行，不要輕易吵架，不然就等於忘了小提姆。」

孩子們又一起喊著：「爸爸，我們絕對不會的。」

克萊奇特太太吻了鮑伯，孩子們吻了父親。小提姆的靈魂啊，你純真的本質

來自上帝的給予啊！

「幽靈，我們分開的時間快到了。你能不能快點告訴我，那個死人到底是誰？」

未來的幽靈帶著史古基，前往未來的某個時間點，一處生意人常去的地方，但史古基卻看不到未來的自己。

「前面就是我工作的辦公室了。讓我看看未來的我是什麼樣子吧！」

史古基拜託幽靈，幽靈卻指了另外一個方向。

「我的辦公室在那邊，你怎麼指向別處呢？」史古基衝到辦公室的窗前往裡看，不只是家具都換了，坐在椅子上的人也不是他。

史古基想著：為什麼我不在辦公室？我到底跑到哪兒去了？

史古基抓著幽靈的長袍，離開他的辦公室，這一次，他們在墓園前停了下來，那個死人應該就躺在這裡的地底下吧？

幽靈指著其中一座墓碑，史古基害怕的問：「幽靈，剛才你帶我看的那些幻影，未來都會發生嗎？」

幽靈一動也不動的指著那座墓碑。

「從一個人的所作所為可以看出他未來的命運，但是，如果他願意改變，命運也會跟著改變嗎？你將要告訴我的事實，讓我很害怕啊！」

史古基顫抖著靠近那座墓碑，看見上面刻著自己的名字——埃伯尼．史古基！

「我就是那個躺在床上的死人嗎？」史古基抓著幽靈的長袍哭喊著：「不！我不想再做從前那個可悲的史古基了。如果我已經沒希望了，為什麼你還要帶我來看這些幻影？」

史古基繼續懇求著：「善良的幽靈，請告訴我，如果我改變自己，我就有機會改變命運，對嗎？」

幽靈的手顫抖著。

「從今以後我會打從心底尊重聖誕節，並且會永遠保持聖誕節的精神，去幫助別人。我會記住過去、現在和未來的幽靈引領我去看到的一切。求求你告訴我，還有辦法擦掉墓碑上的名字嗎？」史古基無助的向幽靈乞求著。

突然間，他看到幽靈的帽子和長袍開始越縮越小，最後變成了一根床柱！

埃伯尼
史古基墓

猜心遊戲

真心話？大冒險？

聖誕夜裡和親友團聚的時刻，
玩玩遊戲可以更了解對方的想法，
拉進彼此的距離喔！

★遊戲人數

兩個人或兩個人以上。

★玩法

輪流進行「真心話」問答
或設計　「大冒險」行動。

甲方提問：真心話或大冒險？
乙方選擇：真心話。

甲方可以自由發揮的提問有：
★如果可以回到過去，你最想改變什麼事情？
★你希望的夢中情人是什麼樣子？
★你的缺點是什麼？你希望這些缺點可以有哪些改變？
★你最想要的禮物是什麼？快要考試了，有個好朋友希望你讓她偷考題抄答案，並且會送你這個夢寐以求的禮物，你會答應嗎？
★你想擁有哪種超能力？如果這個超能力只能使用一次，你會用來做什麼？
★你覺得身上哪個地方最香？哪個地方最臭？為什麼？

注意！ 真心話必須真誠回答喔！

換乙方提問：真心話或大冒險？

甲方選擇：大冒險。

乙方可以自由發揮設計的冒險行動有：

★下課時間在教室模仿猴子邊跳舞邊唱歌。

★到操場上跑一圈，邊跑邊喊：我再也不偷吃蛋糕了！

★做伏地挺身20下。

★發紅包給一起參與遊戲的人。

★做一份美味料理，獎賞一起參與遊戲的人。

★扮演一齣電影或戲劇的角色，至少演出20分鐘。

注意！ 大冒險的行動不能造成身體傷害，也不能造成其他人的困擾喔！

A Christmas
Carol 小氣財神

第5章

感謝上帝！感謝聖誕！

幽靈縮小後變成了一根床柱！沒錯，就是史古基家的那根床柱。最令他開心的是，現在時間完全屬於他自己，他有機會可以彌補過去的一切了。

「我會記住過去、現在、未來發生的事情！」史古基一遍又一遍的重複這句話。

「我會將三位幽靈牢記在心裡。啊，馬力！啊，感謝上帝！感謝聖誕！感謝你們。我跪下發誓！」

史古基滿腦子都是想要做善事的念頭，他滿臉淚水，激動得連嗓子都喊啞了！

「他們沒有拿走床帷！」他緊抓著床邊的布簾，大聲哭喊。

「他們沒有拆走我的東西！吊環和其他東西都在，我也還活著。幻影中的景象是可以消除的啊！」

史古基手忙腳亂的穿上衣服，他興奮的把衣服翻過來穿在身上，又撕又扯，然後丟在地上。

「我不知道該做什麼！」史古基一會兒哭、一會兒笑。

「我現在的心情像羽毛一樣輕！像天使一樣開心！像小學生一樣快樂！像喝醉的人一樣頭暈暈！祝大家聖誕快樂！全世界聖誕快樂！」

史古基輕快的蹦跳著進入客廳，「太好了！我煮肉湯的鍋子還在壁爐裡！」史古基繼續到處搜尋，「啊，

這是馬力的鬼魂穿過的那道門。喔，這是現在的幽靈坐過的位置。啊，透過這扇窗，我看到了那些四處遊蕩、不停哭喊的鬼魂。沒錯，這一切都是真的，全部都發生過！哈哈哈哈……。」

這麼多年來，史古基從來沒這麼笑過，現在他笑得十分燦爛！

「我不知道現在是幾月幾號，也不知道跟幽靈在一起多久。我覺得自己現在就像是個孩子。沒關係，我不在意！」

教堂的鐘聲打斷了史古基澎湃的情緒。噹！噹！美妙的鐘聲啊！噹！噹！喔，這美妙的鐘聲聽起來多麼愉快。

史古基打開窗戶，把頭伸出窗外。

「霧散了！天氣還是很冷，不過天空晴朗，空氣清新又明亮。寒冷的天氣讓人凍得血液都激動了起來！哦，神聖的天空啊！多美好的生活啊！」

這時，一個小男孩從窗外經過，史古基看見他穿著上教堂做禮拜的衣服，便問那男孩：「好孩子，今天是什麼日子啊？」

「今天？今天是聖誕節啊！」小男孩回答。

「今天是聖誕節！原來我沒錯過這個節日。三個幽靈出現在同一天晚上，他們讓我在一個晚上就看到那麼多景象。沒錯，因為他們是幽靈，當然做得到啊！」史古基自言自語著。

「嗨！我的好孩子，你知不知道在第二條街轉角的那家肉鋪？」史古基又問。

「知道。」小男孩回答。

「好聰明的孩子！你知不知道，他們掛在櫥窗裡的那隻最好、最大的火雞賣出去了沒？」

「你是說，大小跟我一樣的那隻大火雞嗎？」

「沒錯，就是最大的那隻！」史古基說。

「還掛在店裡呢！」

「好！馬上去買！」史古基喊著。

「你在開玩笑嗎？」男孩說。

「沒開玩笑！你幫我去把它買下來，然後請肉鋪的夥計送到我這兒來，到時候，我會給你一先令的小費；如果你們可以趕在五分鐘內回來，我會給你半克朗的小費。」史古基說。

小男孩聽完史古基所說的獎賞，馬上像子彈一樣，咻的奔去肉舖買火雞了！

「我會把火雞送給鮑伯。」史古基雙手激動的搓來搓去，然後捧腹大笑：「他們不會知道是誰送的。那隻火雞足足有小提姆的兩倍大呢！哈！哈！哈！」

史古基把鮑伯家的地址寫在紙上的時候，雙手因為激動而顫抖著。寫完後，他衝下樓，打開門，等著肉鋪的夥計送火雞來。

這時候，史古基注意到了門上那個大大的門環，他輕輕的、親切的拍拍門環，說：「以前我沒有注意過你，從現在起，我一定會好好珍惜你的。從你身上真實的反映了我自己，你真是個神奇的門環啊！噢，火雞來了！嗨！你好！聖誕快樂！」

這隻火雞可真肥啊！史古基不禁懷疑，牠活著的時候怎麼能站得起來呢？

「天啊！拿著這隻大火雞要走到鮑伯家真是太累了，你們還是坐馬車去吧！」史古基笑著說。

史古基笑了；他付錢買火雞的時候在笑；付車費的時候在笑；給小費的時候也在笑；他，一直在笑！笑到上氣不接下氣時，他只好坐到椅子上。可是，他還是越笑越大聲，而且笑得都飆淚了。

他想刮個鬍子，可是他的手還是抖個不停，如果不小心刮傷了鼻尖，他就要綁上一條繃帶，不過，他肯定會一樣開心的。

接著，史古基換上了最好的衣服，然後上街去了。

街上的人潮來來往往，就跟現在的幽靈帶著他所看到的景象一模一樣。史古基悠閒的走著，一路上都是笑容滿面的看著每一個行人。

因為他看起來春風滿面，有幾個心情愉悅的路人也對著他說：「早上好，

先生。聖誕快樂！」

史古基覺得，這是他所聽過最美妙的聲音了！

再往前走，有一位身材健壯的紳士朝史古基走了過來，他就是昨天下午和另一個夥伴來到辦公室，向史古基要求捐錢的人。

史古基想：「這位紳士見到我的時候，會用什麼眼光看我呢？」但是，路就這麼一條，史古基知

道不可能閃避，所以決定加快腳步迎上去。

他抓住那位紳士的手，說：「親愛的先生，希望你昨天的工作進展順利。但願你為窮人募到了足夠的錢。你真是個好人，為了崇高的事業奉獻這麼多精力。祝你聖誕快樂！」

「史古基先生！」紳士熱情的回應。

「沒錯，是我。你一定不認同我昨天的做法，我想請求你的原諒，不知道你會不會接受……。」史古基湊近紳士的耳朵，對他說著悄悄話。

「天啊！親愛的史古基先生，你是說真的嗎？」紳士大吃一驚，幾乎喘不過氣來。

「是的，我要捐錢，還要連我以前沒捐的都一起捐。請問，你會接受嗎？」史古基說。

紳士開心的跟史古基握手，說：「你這麼慷慨，我都不知道該說什麼了……。」

「什麼都不用說了！如果順路，你願意常常來看我嗎？請一定要答應我。」史古基說。

「當然，我會的！」紳士真心的回答。

「非常感謝你，願上帝保佑你！」史古基說。

接下來，史古基用一種全新的方式度過這一天早上。他先去了教堂，又在街道上閒逛，看著人們來來往往；有時輕拍著孩子的頭，有時向乞丐問候、聊天。他透過窗戶看到人們都在慶祝節日，也跟著高興起來。他從來沒想過，這樣隨意的散步，竟然可以帶來這麼多的快樂。

下午，史古基來到外甥弗瑞德的家。他在門口徘徊，遲遲不敢進去，最後，他還是鼓起勇氣敲了敲門。

「請問，主人在家嗎？」史古基問開門的女僕。

「在家，先生。他跟太太在餐廳，我可以帶你進去。」

「謝謝你，我自己進去就可以了，弗瑞德認得我。」說完，史古基轉開門，探頭進去。

弗瑞德和妻子正看著布置精美的餐桌，他們要在客人來訪前，仔細的確認每樣東西都準備妥當了。

「弗瑞德！」史古基喊著。

「天啊！你看是誰來了？」弗瑞德驚叫著。

「是我啊！你的史古基舅舅。我來和你們共進聖誕大餐了。我可以進來嗎？」

弗瑞德是個好心腸的人，他立刻邀請史古基進來，還握著舅舅的手久久不放。史古基感受到了真誠的歡迎，讓他非常窩心。

不久，客人們都來了，史古基之前跟隨著現在的幽靈已經看過這些客人了，他們就跟史古基當時看到的一模一樣。弗瑞德看起來沒有改變，弗瑞德妻子的妹妹和塔普也一樣沒有改變。聚會真是棒極了！每個遊戲、每首歌曲都讓人陶醉其中，氣氛既美妙又充滿了歡樂！

第二天早上，史古基刻意提早到辦公室，因為他想要比他的員工——鮑伯更早到辦公室。

九點多了，鮑伯還沒來，他已經比平常晚了四十八分鐘。史古基把辦公室的門開得大大的，這樣他就能看見鮑伯幾點來上班。

鮑伯總算來了！他在進屋前脫下帽子，取下圍巾，一坐到辦公椅上，便提起筆迅速的寫了起來，好像想趕緊工作來彌補遲到的那幾分鐘。

史古基裝出以前的嚴厲口吻，故意大吼著：「你怎麼現在才來上班？」

「老闆，不好意思！我遲到了。」鮑伯說。

「你馬上到我辦公室來。」史古基說。

走到史古基辦公室門口時，鮑伯向他乞求著：「老闆，我知道錯了，我保證不會再遲到了。因為昨天過聖誕節，慶祝得太快樂了，今天早上我才睡晚了。」

「我的朋友，我再也無法忍受這樣的事情了，所以……」史古基走到鮑伯面前，輕輕推了他一把，逼得他踉蹌的退到辦公室外面。這時候，史古基說：「所以，我要給

你加薪！」

鮑伯驚訝得渾身顫抖，他順手把桌上的尺往自己的方向移，那一瞬間，他很想拿起那把尺，往史古基的腦袋瓜敲下去，然後把他綁起來，因為，他看起來就像瘋了一樣！

「鮑伯，聖誕快樂！」史古基的語氣非常真誠，鮑伯這才相信他是真心在祝福自己。

史古基又拍了拍鮑伯的肩膀，說：「聖誕快樂！鮑伯，我親愛的朋友。我要送你一個最快樂、最難忘的聖誕節！我要幫你加薪，還要幫你們一家度過難關。今天下午我們一邊喝酒慶祝，一邊討論一下你家的狀況吧！還有，再去買一桶煤放在你的辦公室裡，把爐火燒旺一點。快點去買吧！」

史古基說話算話，他發誓要做的事都做到了。受到史古基的幫助後，鮑伯的兒子——小提姆不但沒死，還恢復到不用拄著拐杖就可以走路了。後來，史古基也成為小提姆的教父。

史古基真誠的對待朋友，仁慈的對待下屬，在這個城市裡，史古基變成了一位好公民。

儘管有些人嘲笑著史古基的改變，但他一點兒也不在意。史古基知道，世界上所發生的一切好事，一開始總會受到某些人的嘲笑，再說，他們嘲笑時那種笑瞇了眼的樣子，也比其他不討人喜歡的表情更好啊！

從此以後再也沒有幽靈拜訪過史古基，他一直過著幸福的生活。

人們開始談論著史古基，說他才是真正了解聖誕精神的人，他比世界上任何一個人都要懂得如何慶祝，他的每一天都像在過聖誕節呢！

最後，引用小提姆的一句話——「願上帝保佑我們每一個人！」

動動腦，想一想

Make a wish !

你想擁有怎樣的超能力？
如果你有了超能力，
你會怎樣幫助地球呢？

★超能力分成四大類：

1 **超感官知覺**：遠遠超越一般人身體感官的能力，如：千里眼、順風耳、超強記憶力等。

2 **意志念動**：催眠、瞬間移動、心電感應、隔空取物。

3 **特殊體質**：人體發電或發火、力大無窮、飛簷走壁。

4 **電影、動漫中的虛構超能力**：操控時間、隱形、超強智商、身體放大或縮小、控制群體、改變地貌、變身怪獸等。

★請寫下你想擁有的超能力：

★你覺得目前地球遭遇了什麼危機？你該如何使用超能力來拯救地球呢？

• 冰河消失，地球嚴重暖化。

• 貧富分配不均。

• 工業汙染、過度開發導致多數物種瀕臨滅絕。

• 空氣汙染嚴重。

• 保育類野生動物遭到濫捕、走私事件層出不窮。

• 其他：

★回歸平凡，不再有超能力的你，平常可以怎樣幫助地球呢？

動動腦，想一想

我是聖誕小天使

聖誕節是感恩的季節，誰是平常對你很好的人？
你想怎麼報答對方又能帶給他驚喜的感受呢？

★誰是你目前最想感謝的人？為什麼呢？

感恩的對象：

感恩的原因：

★讓自己化身聖誕小天使，進行一個月的感恩行動，
而且必須默默的進行，在聖誕節以前不能被對方發現喔！

小天使行動 1

拍下一系列對方的照片，特別是那些令你感動的瞬間，然後製作成卡片或寫真集，再寫上感謝的話語，在聖誕節時當成禮物送給對方。

小天使行動 2

每天至少一次，找機會幫對方紓解疲勞，例如：按摩，或是幫對方跑腿買東西。

小天使行動 3

選擇對方喜歡的小動物，親手製作療癒小物，如：羊毛氈吊飾、布偶等送給對方。

小天使行動 4

發揮創意，學習幾道造型有趣的的料理，在聖誕節當天好好發揮廚藝，將美味料理端上桌。

★現在就開始你的小天使感恩行動吧！

行動內容：

準備時間：從　　月　　日開始到　　月　　日為止

計畫成果評量：

★完成度（自已評量）：

★感恩對象的反應：

國家圖書館出版品預行編目 (CIP) 資料

小氣財神 / 查爾斯 . 狄更斯 (Charles Dickens) 原著 ; 阮聞雪編著 ; 小坦克熊插畫 . -- 初版 . -- 新北市 : 悅樂文化館出版 : 悅智文化事業有限公司發行 , 2021.12
160 面 ; 17X23 公分 . -- (珍愛名著選 ; 9)
譯自 : A Christmas Carol
ISBN 978-986-98796-2-0(平裝)

873.596　　110017210

珍愛名著選 9

小氣財神 A Christmas Carol

原　　著　查爾斯 · 狄更斯 Charles Dickens
編　　著　阮聞雪
插　　畫　小坦克熊

總 編 輯　徐昱
封面設計　陳麗娜
執行美編　陳麗娜

出 版 者　悅樂文化館
發 行 者　悅智文化事業有限公司
地　　址　新北市板橋區板新路 206 號 3 樓
電　　話　02-8952-4078
傳　　真　02-8952-4084
電子郵件　sv5@elegantbooks.com.tw

戶　　名　悅智文化事業有限公司
郵撥帳號　19452608

初版一刷 2021 年 12 月　　定價 280 元

A Christmas Carol

A Christmas Carol